Jesus Urlauber (Bauchi)

Ich mache jetzt erst mal sauber!

Coverfotos von **Thomasreiner.pro**
(Lieblingsfotograf)

Herstellung und Verlag: BoD - Books on
Demand GmbH, Norderstedt

ISBN: 978-3-7528-6988-0

Vorwort

In den letzten Wochen erzählten die Medien der Welt viel darüber, was ich, Jesus Bruder Bauchi Urlauber, angeblich so alles auf der ehemaligen Finca Boris Beckers, der „Son Coll" angestellt haben soll. Vieles davon entsprach auch meiner Wahrnehmung, vieles Andere überhaupt gar nicht. Und weil mir bewusst ist, dass **keine** Wahrnehmung die **einzig wahre** ist, möchte ich hier meine Gelegenheit nutzen, **meine** einfach auch einmal zu beschreiben. Das mach ich vor allem, um all das selbst mal von Außen betrachten und Revue passieren lassen zu können. Wer erwartet, hier schmutzige Wäsche gewaschen zu bekommen, wird genau so enttäuscht sein wie der, der irgendwelche Gehässigkeiten, Schuldzuweisungen, Vorwürfe, Klagen, Beschwerden oder sonstiges dieser Art zu finden hofft.

Ich schreibe dieses Buch zwar, um ein wenig auch in **mir** aufzuräumen, nicht aber mit anderen in dieser Geschichte beteiligten Personen. Egal was ich in der Folge erzähle, es ist einfach die Geschichte aus **meiner** Perspektive! Ich erhebe erst gar nicht den Anspruch auf objektive Wahrheit. Ich interessiere mich vielmehr für Nützliches.

Was können wir aus der Geschichte lernen,
was können wir davon HABEN?

Da ich jetzt, etwa zwei Wochen, nachdem ich Son Coll verlassen habe, **WEIL** ich Son Coll verlassen habe keinen Grund sehe, auf irgendwen von den Verbliebenen Groll zu hegen und auch nicht hegen MÖCHTE (das ist der rote Faden in der Geschichte – Spoiler-Alarm!), sehe ich keinen Grund, über irgendwen irgendetwas anderes zu schreiben, als meine Erinnerungen. Mutmaßungen werde ich mir ebenso ersparen wie Urteile oder meine Meinung zu irgendetwas davon. Ich möchte auch nicht die Meinung von irgendwem in irgendeine besondere Richtung lenken.

Dieses Buch ist für **DICH**, wenn **DICH** interessiert, was der **Bauchi** da eigentlich seiner Meinung nach gemacht hat, und warum. Und was er davon hat. Es ist eine Geschichte, die ich erlebt habe und nun aufschreibe. Nichts weiter. Nimm das Alles nicht zu ernst ;)

Wann genau die Geschichte angefangen hat, lässt sich genau genommen gar nicht richtig ausmachen. Ich würde sagen, über die Jahre kam Eins zum Anderen, aus einem Hausbesetzer wurde der Gründer des IHR (Intergalaktisches Hilfs- und Rettungskommando), der fortan Häuser rettete und eine salonfähigen Alternative zu Mietzahlungen entwickelte, an der dann seit Beginn des Jahres auch die Medien Interesse zeigten, weil Hausbesetzungen auf Mallorca zu einem unliebsamen Thema avancierten und eine Alternative langsam mehr als notwendig schien. Und so kam es dann Mitte Mai 2018 zu den im Folgenden beschriebenen Ereignissen:

Die Antwort

In den meisten Geschichten kommt die Antwort immer am Ende, aber diese hier fängt mit einer Antwort an. Beziehungsweise mit einer Frage von der Antwort. Einer Anfrage nämlich, von einer TV-Produktionsfirma namens „Die Antwort", in der die Antwort fragte, ob ich Interesse daran hätte, das IHR in einem mehrminütigen Beitrag für die Sendung „Taff" auf Pro7 als Alternative zu herkömmlichen Hausbesetzungen vorzustellen. Man habe zuvor den Bericht der Mallorca-Zeitung von Sophie Mono gelesen, und sei sehr interessiert.

Zu dieser Zeit war ich mit einer Freundin unterwegs, die ich schon seit Jahren übers Facebook kannte und die mich besuchen kam, damit wir Zeit miteinander verbringen und uns real kennen lernen konnten: **Stephanie Griesbach.** Sie war seit etwa vier Wochen bei mir und mit im Wohnmobil unterwegs, und zu dieser besagten Zeit waren wir auf der Finca zweier Freunde, die gerade Urlaub in Deutschland machten. Hunde versorgen und nach dem Rechten schauen, dafür unendlich Ruhe und Frieden. Sie freute sich mit mir über die Frage der Antwort und ließ verlauten, dass sie bei einer entsprechenden Aktion gern aktiv mit dabei sei. Also gab ich der Antwort zur Antwort, dass ich interessiert sei. Wissend, dass ich dann jetzt auch ein Objekt brauchte, auf dem man eine entsprechende Aktion durchführen kann.

Doch die Antwort hatte noch ein weiteres Anliegen in der Sache, und fragte ob ich nicht einen klassischen Hausbesetzer kenne, der gewillt sei, vor der Kamera zu zeigen was er macht. Um den Kontrast zwischen Hausbesetzungen und IHR-Hausrettungen besser zeigen zu können.

Tage vorher hatte mir ein Freund den Kontakt eines Hausbesetzers namens Pino geschickt, ich solle mich mal bei ihm melden, er habe eine grandiose Idee:
Bei den Banken gucken, welche Immobilien nicht in Privat-, sondern in Banken- oder Geschäftsbesitz sind.
Also schrieb ich ihm auf Whatsapp und fragte, ob er Lust hätte, dabei zu sein. Worauf er anregte, uns mal zu treffen. Was wir dann kurze Zeit später taten, wenn auch nur für kurze Zeit. Ausreichend Zeit jedoch, um ein wenig Infos übereinander auszutauschen. Im Wesentlichen ergab das, dass wir beide „ein Buch" geschrieben hatten, ich ihm anbot, seins gegenzulesen und bei der Veröffentlichung zu helfen. Als ich ihn fragte, ob er eventuell ein passendes Objekt kennt, das wir für den Beitrag nutzen, respektive aus Prinzip retten können, meinte er, er kenne hier **alle** Objekte. Unter Anderem auch das von Boris Becker. Was mich erstmal sehr beeindruckte, dann aber auch wieder nicht, weil ich nicht damit rechnete, dass er ausgerechnet DAS vorschlagen würde.

Tat er auch nicht. Jedenfalls nicht gleich. Zwei Tage später meldete er sich, zeigte sich begeistert von *2020*

— *Die Neue Erde* (er hatte mein Hörbuch angehört), und sagte, dass man genau DAS auf dieser Finca machen sollte. Kein Grund, hier wem was vorzumachen: das hat mich umgehauen! Also schmiedeten wir Pläne, ich zog einen langjährigen Freund als Mediator hinzu, der schon vorher entsprechende Medienkontakte gesammelt hatte und nur auf meinen Startschuss wartete. Ich hatte mich mit ihm schon während der vergangenen Monate mehrfach in Sachen IHR getroffen, und so war logisch, ihn miteinzubeziehen. Vor allem, wenn ich mich bei dieser Aktion vor allem auf die Aktion konzentrieren wollte. Dass das einen Medienrummel geben würde war abzusehen.

Also trafen wir uns am Sonntag, den 20. Mai, zu einer Besprechung: Pino, **Mateo** und ich, außerdem waren Steffi und eine weitere Freundin zugegen. In diesem Gespräch, in dem es auch darum ging, die BILD-Zeitung mit ins Spiel zu holen, stellte ich für diesen Fall die Bedingung, von der BILD einen neuen Rechner und eine Internetleitung gestellt zu bekommen, um MEINE Öffentlichkeitsarbeit auch machen zu können. So GANZ ohne selbst was sagen zu können, wollte ich mich den Medien auch nicht aussetzen. Man hört ja so einiges, nicht wahr? Da will man bei sowas doch lieber bestmöglich vorbereitet sein. Pino gab sich da wesentlich bescheidener (sein Job war ja auch nur die Vermittlung, nicht der ganze Rest). Er wollte für sich und die Vermittlung 150 Euro haben. Da ich nur noch 40 Euro in der Tasche hatte, die ich brauchte um

Proviant und Werkzeug für die Aktion zu kaufen, hatte er kein Problem damit, auch ein wenig zu warten. Ich würde ja nicht weglaufen. Er hingegen sei bei **dieser** Finca allerdings nicht für irgendwelche Fernsehauftritte zu haben. Das müssten wir verstehen, er habe vier Kinder, und seine Frau sei eh schon nich so gut auf ihn zu sprechen.

Kein Ding, Bro! Dann erfinden wir einfach die Story von José, der mir das Ding unter dem Vorwand zuschiebt, es sei sein Erbe und bräuchte die Hilfe des IHR. Er habe davon in der Zeitung gelesen und mich an meinem Auto wiedererkannt und einfach angesprochen. So machen wir das! Lügen ist zwar nicht so ganz meine gängige Strategie, aber Quellenschutz ist Quellenschutz. Leuchtende Augen. So einfach kann das Leben sein!

Spätestens ab hier war klar, dass die Antwort auf eine Antwort warten müsse, und das gegebenenfalls erfolglos. Nachdem alles andere so weit geklärt war, fuhren Steffi und ich mit Pino zur „Finca von Boris Becker", wo wir erstmal unsere Kinnladen wieder vom Boden sammeln mussten, bevor wir was dazu sagen konnten. Viel zu sagen gab's auch nicht. Das Anwesen sprach für sich selbst: „Bitte helft, ich verkomme!"
Also war klar, dass wir am nächsten Tag zurückkehren und loslegen würden. Und diesen Lebensraum retten!

Die Ankunft

Montag, der 21. Mai, begann für mich eher unruhig. Ich habe erst sehr spät in der Nacht einschlafen können, Kopfkino bis in die frühen Morgenstunden, so dass ich erstmal bis Mittag geschlafen habe. Nach dem Aufstehen wollte sich meine innere Unruhe nicht legen. Engelchen und Teufelchen lieferten sich um mich herum ein Wortgefecht: *„Sach mal, hast du'n Schaden? Bist du dir sicher, dass das ne gute Idee ist?"* – „Hals Maul, wir wollen das IHR bekannter machen, auf was für ne Gelegenheit willste da noch warten?" – *„Alter, das ist die Finca vom BECKER! Kannste deinen Mist nicht woanders machen? Irgendwo, was NICHT jeder kennt?"* – „Wovor hast du Angst, Bubi? Dass du der Sache nicht gewachsen bist?" – *„Lächerlich! Natürlich bin ich das! Aber..."* – „Aber was? Wovor hast du ANGST?" – *„Naja, die Staatsanwaltschaft hier hat uns immer noch wegen der Sache mit den Terranischen Nummernschildern im Visier. Is gerade so schön chillig hier, musst du jetzt anderthalb Jahre Knast riskieren?"* – „Anderthalb Jahre Knast auf Mallorca! In PALMA! Wo die ganzen korrupten Politiker einsitzen, die wir dann alle kennen lernen!" – *„Wollen wir die kennen lernen?"* – „Keine Ahnung, alles Brüder, Bro!" – *„Mach was du tun musst, Bro, aber heul später nich rum!"* – „Dann heul du JETZT nicht rum!" – *„Leck mich!"* – „Selber!" Scheiße.

Ich dehnte das Frühstück am Mittag geschickt aus, noch nen Kaffee, noch ein Tütchen, mit den Mädels quatschen, noch nen Kaffee, nochmal aufs Klo... und irgendwann gegen fünfzehn Uhr Ortszeit geht es endlich los. Steffi und ich fahren als erstes zum Chino, einem der hier gängigen Billig-Ramschläden und kaufen einen Eimer, eine Schnur und einen Besen für 8,50 Euro. Dann fahren wir zum LIDL, decken uns mit Proviant ein und dann höre ich mich selbstbewusst und im eisernen Willen versunken, mich selbst zu überzeugen, sagen: „Also dann, ab nach Hause!"

Die Strecke beläuft sich auf läppische fünfzehn Kilometer, doch sie führt mitten durch Artá und wie auf dem Präsentierteller an der Guardia Civil vorbei. Es gibt keinen Haftbefehl gegen mich, doch die Möglichkeit besteht tatsächlich, dass die schon was von unserem Vorhaben mitbekommen haben und uns auf dem Weg abfangen. Paranoid, ist mir klar, aber diese Gedanken würzten mir die Fahrt und machten sie zu einem Abenteuer, von dem ich jetzt erzählen kann, dass ich mir dabei fast in die Hosen geschissen habe! Steffi wollte mich auf dem Weg etwas fragen, und ich ich bat sie eindringlich um Ruhe, weil ich mich auf die Straße konzentrieren musste. Und wollte! Sie grinste nur und sagte: „Ja, mach mal!"
Als wir die Abfahrt von der Ma-15 zwischen Artá und Sant Llorenc gegenüber Kilometerstein 63,9 nehmen konnten, atmete ich erleichtert auf. Bis hier waren wir schon mal! Nachdem wir das erste Tor auf dem Weg zur Finca passiert uns hinter uns geschlossen hatten, verstärkte sich das Gefühl der wiederehrenden inneren

Ruhe. Hinter dem Zweiten war es fast vollständig wiederhergestellt und als ich mein Wohnmobil, die Serenity, vor dem Haus geparkt und ausgeschaltet hatte, holte ich erst einmal gaaanz tief Luft.

Jetzt fühlte ich mich sicher. Angst hatte ich gehabt, ich könne es nicht hierherschaffen. Irgendein Brainfuck hatte sich durch meine Hirnwindungen gefressen wie ein quer liegender Furz, und hier oben war auf einmal alles wie weggeblasen. Hier war ich in meinem Element, war hier, weil man mich gebeten hatte, hier mein Ding zu machen. Und ich zögerte keine Minute, bat Steffi ein Tütchen zu bauen und widmete mich mit voller Aufmerksamkeit meiner ersten Handlung: meinem ersten Besenstrich!

Damit fingen die Hausrettungen in der Vergangenheit so gut wie alle an: Erst mal kehren! Und ich liebe das! Dem ersten Besenstrich folgt der zweite, dem der dritte, und so weiter, irgendwann zählst du nicht mehr mit, sondern bist bei dem EINEN Besenstrich, den du gerade machst... So wie Beppo der Straßenfeger es Momo schon erzählt hat: Einen Schritt, einen Besenstrich, einen Schritt, einen Besenstrich. Und irgendwann stehst du am anderen Ende der Straße und merkst, dass du den letzten nötigen Besenstrich gerade getan hast. Und keine Sekunde damit beschäftigt warst, dich auf den Feierabend zu freuen, oder damit, wie lange es bis dahin noch dauert. Das bekommt wirklich recht schnell eine Art meditativen

Charakters. Und für mich **ist** es auch Meditation. Eine, nach der man es ein wenig sauberer um sich herum hat. Tolle Sache. Auf die selbe Weise mache ich so viel ich nur kann. Und vorzugsweise mit Hingabe. So wie ich gerade hier sitze und mit Lust und Laune diese Worte zusammenfüge, ohne dabei eigentlich irgendwas aktiv zu machen außer laufen zu lassen. Auf diese Weise kann ich von Aufstehen bis Schlafengehen chillig produktiv sein. Wuseln. Einfach machen wonach einem gerade am meisten ist, in Bezug auf die gerade gegebenen Umstände natürlich. Und so wurde der 8,50 Euro-Besen in meinem Gamer-Kopf plötzlich zum „Nimbus 200", der dadurch zwar nicht mehr konnte als vorher, aber zu einem wertgeschätzten Gegenstand in meinem Inventar wurde, der mir die Bewältigung der vor uns liegenden Herausforderung sehr erleichtert hat. Wie ein Freund ist mir dieser Besen gewesen, immer sofort zur Stelle und ready to dance, wenn andere mir auf die Nerven zu gehen drohten. Einfach selbst kehren oder dem Anderen den Nimbus in die Hand drücken. Hat beides mehrfach geholfen.

Besagte Herausforderung bestand primär darin, binnen der ersten paar Tage einen sichtbaren optischen Unterschied zu zaubern. Das hier war keine normale IHR-Aktion, das hier war, und das war uns von Anfang an voll bewusst, ein Vorzeigeobjekt. Es **würde** gezeigt werden, also sollten wir unsere Chancen bestmöglich nutzen – und meditieren bis zum Umfallen.

Die Finca

Lost Places. So nennt man verlassene, dem Verfall übergebene Orte, die einst menschlichem Leben dienten und deren Dienste irgendwann nicht mehr gebraucht wurden. Ein gewisses Bild friedlicher Idylle strahlen diese Orte aus, an denen wucherndes Grün und summende Insekten sich mit den Überbleibseln und Zeugnissen menschlicher Zivilisation mischen. Egal, was für Paläste wir bauen, wenn wir sie nicht pflegen, holt die Natur sie sich einfach wieder zurück. Ich habe durchaus auch ein Faible für solche endzeithaften Eindrücke, doch das lässt mich nicht vor den Gründen des Verfalls erblinden. Und erst recht nicht davor, zu sehen, ob etwas endgültig dem Verfall anheim gefallen ist oder eventuell doch noch zu retten.

Son Coll war und ist definitiv ein Platz, der noch NICHT aufgegeben werden muss. Jedenfalls nicht aus ethischen oder ökologischen Gründen. Ökonomischen und gesetzlichen vielleicht, aber die interessieren mich bei sowas nicht. Genau die sind es, die in genau solchen Fällen ignoriert gehören. Gesetze, die erlauben, dass solche Immobilien verfallen gelassen werden dürfen, während immer mehr Menschen die Obdachlosigkeit droht, sollten wir uns einfach nicht weiter gefallen lassen. So denke ich, und danach handle ich auch. Und im Fall Son Coll – ganz ehrlich – hätte ich auch nicht gewusst, wie ich es hätte anders machen sollen.

Die Finca war völlig überwuchert. Mindestens fünf Jahre kann hier niemand was getan haben. Bis auf... Alles auszuräumen. Alle Türen standen offen, nichts wurde verwüstet, bis auf Strom- und Wasserleitungen, keine Spuren von Vandalismus, Graffitis, Brandstellen, etc. Aber es sind auch überhaupt keine Möbel mehr da. Das ganze Anwesen ist leergeräumt. Dafür kann man kaum noch irgendwo den Boden sehen. Im Hof bedeckt zentimeterdicker Humus den Beton - Blätter, die seit fünf Jahren vor sich hin modern. In den Fugen der Betonplatten wachsen hüfthohe robuste Gräser. In den Häusern ist der Fußboden millimeterdick und undurchsichtig mit Staub bedeckt. Überall sprießen Distelgewächse und anderes Kraut munter vor sich hin. Die ehemaligen Gartenanlagen, die mal englischen Rasen trugen: völlig überwuchert von stacheligem Zeug. Der Pool zur Hälfte leer, und voll von ekeligem Zeug. Und Insekten. Vielen Insekten. Nicht sehr einladend. Die Sanitären Einrichtungen sind verdreckt, aber ansonsten unbeschädigt. Abflüsse funktionieren, aber die Zuleitungen nicht. In den ersten Tagen holen Steffi und ich uns unser Wasser mit Eimer und Schnur aus der Zisterne. Damit kann man die Toiletten spülen. Luxus gibt es hier keinen mehr. Aber wir sind auch nicht für Luxus hierhergekommen. Wir haben ganz andere Ideen in unseren Köpfen, und die haben viel mehr mit **Leben** und **Spaß** und **Frieden** zu tun, und so konzentrieren wir uns auf das Verfügbare, das Schöne, und... darauf, zu **spielen**!

Das Spiel

Spätestens seit meinem ersten Besenstrich auf der Finca war ich im absoluten Spiel-Modus. Als OnMind-Gamer spiele ich mein Leben, und das nach Möglichkeit den ganzen Tag, und so bewusst und geschickt ich das kann. Mehr zu diesem Thema findet der interessierte Leser in meinen Büchern „2020 – Die Neue Erde", „KönICH" und „OnMind im Innernet", allesamt zu finden auf der www.lest2020.de. Deswegen werde an dieser Stelle nicht weiter auf die Basics eingehen, sondern von der Umsetzung sprechen. Denn, es ist wirklich einfach:

Zum einen spielten Steffi, mein Hund Tito und ich in der Geschichte, dem SPIEL das wir spielten, jeweils bestimmte Rollen, die wir uns aussuchen konnten. Frei nach Belieben, so wie in jedem Computerspiel, in dem man seinen Avatar/Character irgendwie aussuchen oder gar gestalten kann. Wie in Sims, nur in echt.
Ich war eh gewohnt, meine Rolle als IHR-Botschafter für Liebe, Frieden und Ruhe auf der Erde zu spielen, aus Steffi wurde „Agentin Estefania" und aus Tito profanerweise „Agent Tito". Das Spiel konnte beginnen.

Was macht man in einem Computer-Spiel? Man sucht sich die nächste Quest und macht sich daran, sie zu knacken. Tut man das, schalten sich immer wieder neue Möglichkeiten und Dinge frei, und genau das passierte auch auf Son Coll.

Die erste Quest war also, innerhalb der ersten paar Tage, vor Einbeziehung der Medien, eine sichtbare optische Veränderung zu bewirken. Und erstmal drei Tage save die Stellung zu halten, auch wenn das Ganze für uns nicht das Geringste mit Hausbesetzung zu tun hatte, weil wir sofort gesagt haben, dass wir gehen, wenn es Stress geben sollte und jemand einen Besitzanspruch stellen, ihn belegen kann und uns hinfort wünschen sollte. DAS ist der große Unterschied zwischen Hausrettungen und Besetzungen. Bei ersteren bestehen keinerlei Besitzansprüche. Wir GEHEN, wenn wir unerwünscht sind. Doch bis dahin, das war klar, würden wir hier unser Ding durchziehen.

Während ich mich also daran machte, den Hof wieder freizulegen und sauber zu kehren, nahm sich Steffi das größte der Haupthäuser vor. Damit waren wir tatsächlich zu zweit bis Freitag beschäftigt. Und zwar so ziemlich von morgens bis abends. Ohne uns zu stressen, dafür mit einer unheimlichen Lust an der Sache und riesiger Freude über sämtliche bemerkbaren Fortschritte. Stück für Stück sah man Unterschiede.

Und parallel starteten wir ein weiteres, kompatibles Spiel, und taten das, wozu wir uns von Pino eingeladen fühlten: Wir leiteten 2020 ein. Das Spiel, dessen Spielerklärung das Buch „2020 – Die Neue Erde" ist. Dafür hatten wir Raum gesucht, gefunden, und konnten endlich anfangen, ein Leben zu leben, in dem jeder seinen eigenen Interessen nachgehen kann und man sich ebenseitig in Frieden lässt und so gemeinsam im Miteinander leben kann. Was allerdings auch nur dann funktionieren kann, wenn sich alle Mitspieler darauf einigen. Weswegen dieses Spiel, obwohl es mein Lieblingsspiel ist, nachrangig war. Das IHR-Spiel war wichtiger, denn das IHR und seine Möglichkeiten wollten und konnten wir jetzt einer breiteren Masse vorstellen. Was auch 2020 bekannter machen würde, weil das IHR ja eine Idee aus diesen meinen Büchern ist. Eine Idee, nichts weiter, aber mit entsprechenden Auswirkungen - wenn man sie nicht sterben lässt.

Demnach fokussierte ich mich vor allem auf das, was ich vor meiner Nase hatte: Eine irrwitzig große Finca voller Möglichkeiten, und haufenweise zu tun.

Hier schien der Platz zu sein, nach dem ich 5 Jahre auf Mallorca gesucht hatte: einen Ort, den man zu einem Begegnungszentrum für an alternativen Lebensweisen interessierten Menschen werden lassen kann, einem Lebensraum für Leute, die mit dem Systemleben nicht mehr so richtig zurecht kommen.

Und egal was in der Öffentlichkeit über diese Aktion gesagt wurde, genau DAS ist er jetzt geworden, wenn auch ohne mich und ohne 2020-Spiel. Da es jetzt besetzt ist, ist es leider auch keine IHR-Aktion mehr, aber eines ist es nach wie vor: BELEBT! Und nur DARUM ging es. Nicht um mich, nicht um Erreichen irgendwelcher anderer Ziele. Wir sind gekommen um zu zeigen was passiert, wenn man einfach mal MACHT! Und das haben wir wohl eindrucksvoll hinbekommen.

Die Presse

Am Donnerstag waren wir so weit, dass wir uns auf den großen Paukenschlag vorbereitet fühlten. Der Hof war frei von Unkraut, Blättern und Mutterboden, das Haupthaus sauber gekehrt, geputzt und durchgelüftet. Geschlafen haben wir die ersten Nächte in der Serenity, wo wir uns auch noch zu Essen kochen und gemütlich sitzen konnten. Also gab ich Mateo Bescheid, die Bombe platzen zu lassen. Kontrolliert natürlich.

Gegen Mittag kam dann die BILD mit gleich zwei Reportern, zwei Fotografen, Kameramann und einer Reporterin namens **Aresou Leisdorff**, die mir in den nächsten Wochen eine echte Vertrauensperson werden sollte! Gemäß meiner Abmachung mit Pino spielte ich den Ahnungslosen, und reagierte verwirrt auf die Frage, was denn der Boris Becker davon halte, was wir da machen. Ich fühlte mich irgendwie wohler dabei, es machte es mir leichter, offiziell bis zu diesem Zeitpunkt noch gar nichts davon zu wissen, dass das die Finca vom Becker war. Denkt was ihr wollt, aber... zieht so eine Nummer erstmal selbst durch. Dann reden wir weiter.

Wo wir gerade von „Abmachung mit Pino" reden, fällt mir gerade noch etwas ein, was chronologisch hierhergehört:
Am zweiten Tag (Dienstag) erschien Pino kurz auf der Finca, um einen von den beiden letzten Schränken

abzutransportieren. Er nahm mich beiseite (obwohl niemand anders da war) und nuschelte mir ins Ohr:

„Hör zu, wenn du hier was verkaufst, gibst du mir 20%, und wenn ich was verkaufe, geb ich dir 20%" Ich zog die Augenbrauen hoch und wusste glaub ich nich so ganz was er meinte. Verkaufen? Was verkaufen? Sachen von der Finca? Ich hatte nicht vor, etwas zu verkaufen, was mir nicht gehörte, dennoch meinte ich: „As klah, mach du mal!"

Nachdem die Presseleute ein paar Stunden bei uns waren und uns ausgiebig über uns und unsere abstrusen Tätigkeiten ausgefragt hatten, kehrte erstmal wieder Ruhe ein. Und dann musste ich anderthalb Tage die Füße stillhalten, um die Bombe nicht vorher platzen zu lassen. Das gab **Ingo Wohlfeil**, seines Zeichens Chefredakteur der Bild Mallorca, den Raum, nicht nur einen Artikel über uns zu schreiben, sondern die Hauptredaktion in Berlin davon zu überzeugen, dass der auch noch auf die Titelseite der bundeweiten Ausgabe gehört. Damit hatte ich zwar in keinster Weise gerechnet, aber das war es mir trotzdem wert. Am Abend des 25. Mai (Freitag) schrieb er mir auf Whatsapp ich solle mich anschnallen. Ich nutzte noch die Gelegenheit, meine Eltern auch darauf vorzubereiten. Und dann...

trat am Samstag, den 26. Mai der Ausnahmezustand ein. Die erste Reaktion kann von Aileen, die mir im Whatsapp schrieb, sie habe mit richtig mieser Laune in der Bäckerei gestanden, als ich sie auf einmal von der

Titelseite der BILD angegrinst und ihr den Tag gerettet habe. Und dann schrieben alle. Mein Postfach explodierte wegen Beglückwünschungen und Fragen, Anfragen der außerBILDischen Presse, RTL kam gleich mit der Kamera vorbei. Und sorgte dafür, dass es bis zum Abend dann wirklich JEDER mitbekommen hatte. In den nächsten Tagen wurde das noch intensiver, und trotzdem war auf der Finca alles im Flow. Ausgelassene, entspannte Stimmung, übers Wochenende die ersten Gäste, und viele große, staunende Augen. Und wir haben es gefeiert! Mit allen Sinnen.

Die nächsten Wochen waren dann sehr lustig und aufregend. Die Polizei kam vorbei, bat mich zu einem Termin zu ihnen zu kommen und die BILD immer mit am Start. Total Coverage, man durfte nix verpassen. In der Zwischenzeit hatte ich viel Spaß bei den Shootings mit meinem Lieblingsfotografen, fegte meditativ weiter, entschleunigte ein fehlgeleitetes Sat1-Team, das zehn Besoffene in El Arenal aufgesammelt und aus irgendwelchen Gründen mit ihnen und massenweise Partymaterial auf die Finca gekommen war, nahm einem Porno-Mario den Wind aus den Segeln, der extra gekommen war, um uns angeblich im Namen Boris Beckers von der Finca zu jagen. Wir nahmen alle Herausforderungen mit Gelassenheit und Humor. Der Stern entsandte einen seiner Schreiber, um vier Tage bei uns zu sein, und wir lernten in der Zeit viele interessante Leute kennen. Natürlich auch welche die nur kamen, weil sie sich dadurch interessanter machen wollten.

Es folgten noch ein paar Beiträge über den Bauchi und was er so macht und seine Tattoos, und langsam beruhigte sich das öffentliche Interesse wieder. All das geschah in den ersten vier Wochen auf der Finca, in denen jeder, der uns besuchen kam verlauten ließ, wie SCHÖN es bei uns sei. Weil es das in der Zeit auch WAR. Sehr schön sogar, und zwar aus einem einzigen Grund: Niemand hat einem anderen irgendwas vorgeschrieben, jeder war Profi in dem was er machen wollte und konnte und sollte genau DAS tun. Keiner nörgelte an irgendwas oder irgendwem herum, alle haben einfach GENOSSEN!

Und dann änderte sich etwas ganz Entscheidendes: Wir starteten ein weiteres Spiel. In dem es allerdings um unser Image ging. Jemand hatte die tolle Idee, dass wir allen Gegenstimmen den Saft abdrehen können, wenn wir den POOL, der die Menschen da draußen am meisten schockiert hat, in kürzester Zeit wieder fit bekämen. Die Quest war machbar, und der Preis würde sich lohnen. Ein Bild sollte gemacht werden, welches es wieder auf die Titelseiten schaffen würde, diesmal mit einem anderen Tenor als „Hippie-Guru besetzt Becker-Finca" (nachdem ich eine Million Mal deutlich gemacht hatte, dass es sich nicht um eine Besetzung handelt). Und vielleicht ein wenig Geld in unsere mauen Kassen bringen, aber das war für mich zu der Zeit eher nebensächlich. Mein Ego hatte sich triggern lassen durch die Aussicht, zeigen zu können was passiert, wenn man einfach mal macht. Und nach sechs Wochen den Pool wieder präsentieren zu können. Und das WOLLTE ich. Da hatte ich richtig Bock drauf! Also sprachen wir in der Gruppe darüber, der sich inzwischen zwei russische Pilgerer angeschlossen hatten: **Anton** und **Otto**. Die Quest wurde als Gruppenquest angenommen und angegangen. Noch am selben Tag stand ich mehrere Stunden mit zwei Kechern im Pool, die ich Steffi im Wechsel gefüllt mit ekliger Pampe an den Rand reichte.

Für das Bild sollte aber auch der Garten ringsum wieder brauchbar und bearbeitet aussehen. Photoshop kam nicht in Frage, also brauchten wir eine Motorsense, um dem Urwald beizukommen, der sich auf dem Grundstück ausgebreitet hatte. Darum wollten sich Anton und Otto kümmern, und fingen vorbildlich schon mal einfach mit dem an, was da war: Handsicheln, billiges Werkzeug aus dem Chinaladen. Und schafften in kurzer Zeit mit viel Lust und Laune Beachtliches! Um weiter helfen zu können, lieh ich mir von einer Besucherin, einer Russin namens **Natalja**, dreihundert Euro um eine Motorsense anzuschaffen, die Otto schon ins Auge gefasst hatte, und weitere 100 Euro von Mateo, um bei der Gelegenheit gleich auch wieder Proviant für die Gruppe einzukaufen. Durch all das kamen Fragen nach dem Geld auf, das wir durch die Medien verdient haben und wo das denn sei. Und an dem Tag kippte alles. Denn wir hatten noch gar nicht wirklich etwas verdient. Keinen Cent jedenfalls, der nicht sofort ins Projekt geflossen wäre. Das wollte ein Russe namens Otto jedoch nicht glauben.

König Otto

Ich habe Anton und Otto als nette Menschen kennen gelernt. Eines Tages im Laufe der vierten Woche standen sie plötzlich bei uns im Hof und fühlten sich augenscheinlich von Anfang an wohl. Sie seien auf einer Pilgerfahrt, erklärten sie. Sie rauchten nicht, tranken keinen Alkohol, waren sehr zuvorkommend, und Anton kann kochen wie ein Meister. In den ersten Tagen zeigten sie vollen Einsatz, und Otto darüber hinaus großes Interesse daran, den beiden Pferden zu helfen, die bekanntermaßen nebst sieben Ziegen auf der Finca lebten, aber nicht gerade in gutem Zustand waren. Man konnte gleich sehen, dass er ein Händchen für Pferde hatte. „Ich hab mit zwölf Jahren schon Wildpferde eingeritten," sagte er, und ich hatte keinen Grund ihm das nicht zu glauben. Ein weiterer Mitbewohner, **Chris**, der kurz vor den Russen mit zwei Freunden aus Berlin angereist und einfach gleich geblieben war, hatte das Projekt „Pferde" bereits an sich genommen und freute sich über die Hilfe.

Doch dann wurde plötzlich etwas wichtiger als das Projekt und die Pferde und die Ziegen und das Image und alles Andere, was uns bis dahin Kraft und Antrieb gegeben hatte, nämlich was der Bauchi macht. Der kümmerte sich nämlich offensichtlich auch nicht um das Projekt, sondern um sein eigenes Medienspektakel. Dass das bei meinen Projekten ein und das selbe ist, hat er leider bis heute nicht verstanden. Was ich ihm nicht vorwerfe, aber dennoch nicht vergessen kann, dass genau damit der zweite Monat eingeläutet wurde, und der war für mich dann alles andere als langhaarig, locker, tiefenentspannt. Runde zwei. Neues Spiel, anderes Spiel.

Das fing damit an, dass Natalja an dem Tag, an dem wir die Motorsense kauften, im LIDL auch zehn Liter-Flaschen Bier kaufte. Für etwa sechs oder sieben Leute, die zu der Zeit anwesend waren. Was bis dahin eher ungewöhnlich waren. Wir rauchten da oben alle gern unsere Tütchen, und es gab auch mal ein paar Dosen Bier, aber als ich diese zehn Bierflaschen sah, überkam mich ein komisches Gefühl. Unstimmig. Passte irgendwie nicht zu uns. Nun, Otto hatte sich an dem Tag via Whatsapp mit seiner Frau gestritten, entsprechende Laune, und ließ sich von Natalja überreden, doch ein Bier mitzutrinken. „Das is njiech gut," sagte er, „Alkohol weckt immer eine andere Person in mir, das is njiech gut, aber scheiß drauf, gjieb her." Also ein Bier heißt: gleich eine ganze Flasche davon, ein Liter. Gibt's hier auf Mallorca für 68 Cent. Und weil's so ja scheiße schmeckt, fing er auch gleich wieder an zu rauchen.
Naja, und dann wurde Otto zu jemand anderem, wie er vorhergesagt hatte. Sprach er anfänglich noch davon, wie ein Heinzelmännchen sein zu wollen, bescheiden und unauffällig - aber wirksam, wurde er ab diesem Abend kontinuierlich lauter, ungehaltener, ausfallender und nerviger. Sein dröhnendes Organ und sein irgendwie unangemessen lautes Lachen füllten die

nächsten vier Tage den Hof und alles drum herum aus, ohne Gelegenheit, ihm zu entkommen. Am vierten Tag bekam ich immer wieder verdrehte Augen auf ihn zugeworfen, er ging allmählich allen mächtig auf den Senkel.

An diesem Abend kehrte ein Schweizer namens Björn zu uns zurück, der zwei Wochen zuvor ein paar Tage mal zum Gucken da war und sich entschlossen hatte, seine Zelte in der Schweiz abzubrechen und hier wieder neu aufzubauen. In diesen Tagen hatten wir ihn als sehr angenehm und stressfrei wahrgenommen, und wir freuten uns sehr auf seine Rückkehr.

Als er dann endlich da war, und ich ihn in Ruhe auf ein Tütchen erstmal ankommen lassen wollte, kurz nachdem sich Chris noch bei mir beschwert hatte, dass Otto ihn nervt, hatte ich dazu erstmal gar keine Möglichkeit, weil Otto ihn direkt in Beschlag nahm. Wer er sei und was er so mache, allerdings in einem Ton, den man nicht als freundlich beschreiben kann. Großspurig, arrogant, irgendwie so etwas würde es eher treffen. Also erbat ich mir ein wenig Ruhe von ihm, und von Chris und Björn, mit mir auf meine Terrasse zu kommen um kurz etwas Ruhe zu haben. Die wir genau **keine** Minute hatten, bis Otto uns ziemlich betrunken hinterhergelaufen kam. Ich konnte es nicht fassen! Da er aber einmal da war, und es in der halben Minute auch schon wieder um ihn ging, sprach ich ihn einfach darauf an, dass er sich seit vier Tagen sehr verändert habe. Eine Information von Bruder zu Bruder. Kein

Vorwurf, kein Angriff, sondern das Bestreben, alles wieder in Ordnung zu bekommen. Das ging allerdings gehörig in die Hose. Denn Otto war egal was ich ihm sagen wollte, er fokussierte sich auf das, was er verstand. Inzwischen saßen wir zu fünft auf meiner kleinen Terrasse, die mir eigentlich als Rückzugsort dienen sollte, den ich bei dieser Aktion auch dringend brauchte. Und zu viert haben wir ihm nicht zu verstehen geben können, dass wir kein Problem mit ihm haben, sondern mit seinem Verhalten, und zwar alle. Und ihn einfach baten, wieder weniger zu trinken oder es woanders zu tun. Oh-oh.. böser Fehler! Da die Anderen es sich zur Gewohnheit gemacht hatten, mich sowas regeln zu lassen (was ich gar nicht so besonders toll fand) projizierte er seinen ganzen Frust auf mich, sagte, ich würde die anderen gegen ihn aufwiegeln, und plötzlich stand er dann drohend vor mir und wollte mir was weiß ich was. Ich bat ihn dreimal, mein Zuhause zu verlassen, was ihn nicht weiter veranlasste, das zu tun. Also ließ ich ihn einfach stehen und ging runter in den Hof, machte es mir da wieder bequem und tat mein Bestes um ruhig zu bleiben. Anton schaltete sich ein und versuchte, Otto zu beruhigen, wurde aber auch nur angeblafft und hielt sich danach lieber wieder zurück.

Irgendwann kam Otto wieder in den Hof und verzog sich. Ich ging wieder in meine Räumlichkeiten zurück, bloss um ihn keine halbe Stunde später erneut da stehen zu haben und mich dumm anzumachen. Das kostete echt Beherrschung. Aber ich schrie ihn an, weil ich alles andere schon erfolglos versucht hatte. Und das passte mir gar nicht. Ich schreie normalerweise nie jemanden an. Normalerweise GEHE ich, wisst ihr noch?

Durch die die Infragestellung meiner Beweggründe und Integrität war auf einmal nicht mehr jeder mit SICH und seinem EIGENEN Ding beschäftigt, sondern mal wieder mit jemand anderem. In dem Fall mit dem Bauchi. Der sich gern SELSBT um seinen Scheiß gekümmert hätte, wozu er aber hätte GEHEN müssen, weil es ihm an diesem Ort nicht mehr möglich war. Ich bin es gewohnt, mich dahin zu bewegen, wo ich meine Ruhe habe, und so sah ich in diesen Tagen mehrfach deutliche Zeichen, die mir sagten, es sei zeit zu GEHEN. Also rief ich bei Freunden an, und fragte ob ich eine Weile bei ihnen unterkommen kann, weil meine Serenity inzwischen ja nicht mehr angemeldet war. TÜV, Steuer und Versicherung liefen allesamt Ende Juni aus, also hab ich Mitte Juni schon die Nummernschilder abgebastelt und nach Deutschland zurück geschickt, um sie abmelden zu lassen.
Sie schrieben eine halbe Stunde später zurück, sie würden mich sofort abholen kommen, doch in der Zwischenzeit hatte Steffi mich bearbeitet, „nicht aufzugeben".

Am darauf folgenden Tag schrieb Otto in der angelegten Whatsapp-Gruppe für alle im Projekt Involvierten, die Arbeiter legten jetzt ihre Arbeit nieder und würden Bauchi nicht weiter unterstützen. Und führte damit ganz offen eine Zwei-Klassen-Gesellschaft ein, die ganz sicher nicht meine Idee war. Genau das ist es, worauf ich keinen Bock habe: Menschen in hierarchisch angeordnete Klassen zu verteilen. Ich bin KönICH! Und ich schrieb einen neuen Song, womit ich mir nützlicherweise ein neues FuckYou-Mantra erschuf. Gut ist, wenn man so etwas hat, noch besser, wenn man weiß, wann man es wie sinnvoll einsetzt. Aber dazu später, denn im Bezug auf Otto half mir etwas völlig Anderes. Ich tat mein Bestes, mich seinem Spiel zu entziehen, doch das wollte er nicht akzeptieren und nötigte es mir immer weiter auf, respektierte keine Privatsphäre, keine Bitte um Ruhe, nichts dergleichen. Also blieb mir keine andere Wahl, als sein Spiel notgedrungen mitzuspielen, allerdings auf meine Weise, was bedeutet: so, dass ihm schnellstmöglich die Lust daran vergeht. In der Umsetzung sah das so aus, dass ich sein Spiel, mich zum König über andere zu erheben (und dann auch noch nen miesen) einfach gespiegelt habe. Und das Selbe mit ihm gemacht habe.

„Heil Dir, großer König Otto, oh Erleuchteter, Gnadenspender, Gott lasse sich auf SEINEM Thron sitzen!", grüßte ich ihn bei nächster Gelegenheit. Während ich weiter den Pool saubergemacht habe. Und dann in einem Fort weiter, wann immer ich ihn sah: „Oh Geweihräucherter... OH GROSSER KÖNIG OTTO... God save OTTO!" Gleich beim ersten Mal bekam er den Energiewechsel schon mit. „Waruum maachst du daas?" fragt er, nachdem ich kurz zuvor in der selben Whatsappgruppe verkündet hatte, dass König Otto jetzt das Zepter in der Hand hat und den Laden übernimmt. „Laass daas! Hjör aauf damiit!" war das einzige, was dann von ihm noch kam.

Warum ich das machte? Ich fragte ihn, ob ich ihm das wirklich noch erklären müsse. Und irgendwann erklärte ich ihm auch noch, dass ICH das Spiel nicht beenden kann, wenn ER es nicht langsam mal sein lässt. Irgendwie muss das zu ihm durchgedrungen sein. Denn nach lediglich ein paar Stunden kam er plötzlich an und fragte recht kleinlaut, ob wir mal in Ruhe miteinander reden können. Konnten wir, und ich konnte ihm klarmachen, dass ich ihm die ganze Zeit überhaupt gar nichts wollte, sondern ihm nur im Namen der Gruppe zu vermitteln versuchte, dass er ein wenig nervig wird, wenn er zu viel trinkt. Als er uns eröffnete, Anton und er würden gehen, kam von Steffi, Chris und mir augenblicklich die Ansage, dass wir gar nicht wollen, dass sie gehen, sondern gern einfach die beiden netten Kerls wiederhätten, die Anfangs mal angekommen waren. Die waren nämlich echt angenehme Gesellschaft. Ich nahm Otto in den Arm und zeigte, dass ich keinen Grund hatte, ihm böse zu sein, was er erwiderte. Dennoch verließen die beiden die Finca noch am selben Tag. Irgendwie fühlten sie sich ein wenig fehl am Platz. Doch damit war den angerichtete Schaden nicht behoben. Das machte die Hetze gegen mich nicht ungeschehen, der er ein Weilchen eifrig gefrönt hatte, und das stand weiter im Raum, fraß sich durch

Hirnwindungen und sorgte für die nächsten sehr unnötigen und unschönen Episoden.

An dieser Stelle sei erwähnt, dass wir bis dahin etwas sehr Wertvolles hatten: offenen Umgang miteinander. Ein Untergraben war unmöglich, so lange alle offen sagten was sie dachten. Und genau das hörte an dieser Stelle auf. Wir waren gespalten, es war deutlich zu sehen, aber wir wollten es nicht wahrhaben. Trotz deutliche Sprache sprechender Zeichen und eindeutig UNGUTEM Gefühl im Bauch blieb ich auf der Finca. Ich mochte die Leute um mich herum schließlich, und wollte natürlich auch gern bleiben. Aber wenn die Zeit für was gekommen ist, kannst du sie bestenfalls herauszögern, aber es bleibt dabei: Je früher du gehst, desto weniger Energie kostet es alle Beteiligten. Und ich kann Euch flüstern, die nächsten vier Wochen da zu bleiben hat mich ALLES an Energie gekostet, und am Ende konnte ich nur mit einem großen Knall gehen (oops, Spoiler-Alarm! Aber das stand ja schon überall in der der Zeitung.)

Und so kam was kommen musste. Der nächste bitte.

Elisawetter

Elisaweta Wall hat nen Knall. Sagte man mir, aber in der Regel ist mir egal, was andere über noch andere sagen, ich lerne Leute gern selbst kennen. Ich stolperte 2015 im Internet über sie und ihr Projekt „State Love", kurz nachdem ich 2020 veröffentlicht hatte. Ihre mädchenhafte Art in ihrem Alter weckte Sympathien in mir, die Begeisterung, mit der sie bei ihrer Sache dabei war, gefiel mir. Auch sie sprach von Frieden und schien genau so latent einen an der Waffel zu haben wie ich. Vielleicht gefiel mir einfach, noch jemanden zu sehen, der so sehr an die Möglichkeit einer friedlichen und gerechten Zukunft glaubt wie ich, und dieser Möglichkeit sein Leben verschrieben hat. Allerdings scheine ich so einige ihrer Worte nicht ganz verstanden zu haben, aber das wurde mir erst auf Son Coll klar, das wir übrigens im Namen der IHR-Rettung in „Ca's Pao" umtauften.

Anfang des Jahres meldete sie sich bei mir, weil sie auf Mallorca war und sich von mir Arm und Bein tätowieren lassen wollte. In den drei darauffolgenden Sitzungen habe ich sie als sehr nette, durchaus aufreizende Oma kennen gelernt. Senilität allerdings ist mir nicht an ihr aufgefallen. Ich konnte mich völlig normal mir ihr unterhalten und die Stimmung war entspannt. Man hatte gemeinsame Ziele und seine jeweiligen Wege dorthin, die mir so weit kompatibel erschienen.

Als wir uns auf der Finca eingewöhnt hatten, bot ich ihr an, hier eine Botschaft für State Love aufzumachen, um das Projekt ein wenig bekannter zu machen. Meine Idee war es, für alle Möglichen Projekte dieser Art Botschaften zu eröffnen und ganz viele davon auf Ca's Pao zu haben. Elisaweta nahm das dankend an und landete auch gleich mit im Fernsehen. Woraufhin die ersten Leute anfingen, mir zu schreiben, dass sie sich mit dieser Frau sehr unwohl fühlen und uns solange sie da ist nicht weiter besuchen kommen werden. Bemerkenswert viele waren das am Ende.
Sie kam immer für ein paar Tage und fuhr dann wieder, um zu „arbeiten". Woran auch immer, keine Ahnung.

Am Tag, an dem Anton und Otto die Finca verließen, kam sie wieder, mit einem süffisanten Lächeln im Gesicht, zwei zusätzlichen übergroßen (aufdringlichen) State Love-Aufklebern für die Türen im Gepäck, und irgendwie komisch drauf. Sie hatte von dem Stress mit Otto über die Gruppen mitbekommen, allerdings vor allem von Otto, der alles auf Bauchi projizierte, und Elisaweta ihm einfach alles ohne irgendwas zu hinterfragen abgekauft hat. Sie machte sich lustig über unsere kindergartenhaften Hahnenkämpfe und ließ sich von niemandem überzeugen, dass sie das etwas massiv missverstanden hat. Sie lachte einfach über alles hinweg als würde sie nicht hören was man ihr gerade erzählte. Dann schenkte sie sich demonstrativ ein Glas Wein ein, um gegen das „Alkoholverbot" zu revoltieren, in das Otto unsere Bitte, den Alkoholkonsum doch etwas einzuschränken, verwandelt hatte. Wir vermochten ihr nicht zu vermitteln, dass es dieses Verbot nich gebe, keine Chance. Sie lachte nur immer weiter wie ne anderweitig Beschäftigte, und vor allem über den Bauchi. Schon an diesem Abend war uns allen nicht mehr ganz wohl in ihrer Gesellschaft, zumindest drückte das jeder so aus. Am nächsten Tag war sie verschwunden, wieder abgereist. Postete aber ein Foto vom inzwischen sehr viel ansehlicheren Pool, womit sie dem ganzen Team in die Suppe spuckte, weil sie uns damit allen die Überraschung versaute. Einen Tag später dann veröffentlichte sie eine „Pressemitteilung", in der sie eine Pressekonferenz am darauf folgenden Samstag im Hof der Finca ankündigte, in der es um Frieden, die Besetzung Spaniens durch sie als neue Monarchin und die Einsetzung aller Bürgermeister als ihre 72000 „Love Coaches" gehen sollte. Ein schneller Wechsel von halbwegs normal zu völlig durchgeknallter Herrscherin. Ich postete eine Gegenmeldung, der zufolge die Botschaft von State Love auf Son Coll geschlossen worden sei, und sich jeder aus dem Team ausdrücklich von Elisaweta Wall und ihren Tätigkeiten distanziere. Ihre Sachen mussten wir ihr leider vors Tor legen, weil sie auch DAS für einen Witz hielt und weiter mit Kommentaren und Postings um sich schoss. Was uns ab da egal sein konnte.

Und ich saß gerade erst nach dem Heraustragen ihrer Sachen wieder gemütlich im Sessel, um mal durchzuatmen, da stand der Nächste vor mir.

Pinocchio

Wie zuvorkommend, nett und höflich ein Mensch im einen Moment sein kann, und das komplette Gegenteil gleich im Nächsten, hat uns Pino dann gezeigt. Was genau in ihn gefahren ist, vermag ich nicht zu sagen, ich verweise darauf, dass ich hier MEINE Sichtweise widergebe. Jedenfalls komme ich keine zwei Minuten zum Verschnaufen, da kommt er auf den Hof und setzt sich ohne zu grüßen auf den Stuhl mir gegenüber. Ich freu mich gerade noch drüber, den Kopf wieder frei von Elisawetter und Otto zu haben, um mich wieder sinnigeren Dingen zuzuwenden und sage ihm gerade: „Und jetzt kümmern wir uns endlich mal um dein Buch, Bruder!", da poltert er los, was für ein Lügner ich sei, und ich hätte mein Wort gebrochen und ihn ausgenutzt und würde mir jetzt auf seine Kosten oben auf der Finca ein schönes Leben machen, während mich alle anderen bedienen dürften. Und dann droht er mir allen Ernstes, zur Presse zu gehen, denen zu erzählen, ich sei ein Lügner, und er sei José, und überhaupt, er würde mich fertig machen und von den spanischen Medien zerreißen lassen. Und dann gibt er uns eine Woche zeit, die Finca freiwillig zu räumen, weil er sonst mit sieben italienischen Freunden wiederkommen und uns zeigen würde, was FRIEDEN ist! Daraufhin hab ich mich dazu hinreißen lassen, ihn anzuschreien (was letztlich genau das war, was er provoziert hat, wieder hat mein Ego sich triggern lassen), aber ich bekomme es diesmal schneller hin als bei Otto, ihn einfach links liegen zu lassen. Ich nannte ihn ein Arschloch, und sogar einen Wichser (ganz selten gebrauchter Zauber bei mir), aber es hatte seine Wirkung. Er sprach mich erstmal nicht mehr an. Während mein Auto gerade frisch abgemeldet war, und eine Handvoll Leute um mich herum saßen, die keinen Ort zum zurückgehen haben und derweil ALLES nur Mögliche investierten, um etwas aufzubauen, von dem er jetzt seinen Teil haben wollte.

Was er nicht wusste: Ich hatte in der Woche vorher schon versucht 500 Euro zusammenzubekommen, um ihm das zu geben, weil ich fand, er habe mehr verdient als 150 popelige Euros. Ich sagte ihm kurz zuvor noch, dass ich alles tu was ich kann, damit er dieses Jahr und weiterhin möglichst viel Zeit mit seinen Kindern verbringen kann, und möglichst wenig Zeit auf der Baustelle verbringen muss. Er wusste es nicht, weil ich kein Geld auftreiben, und es ihm deswegen nicht geben konnte. Meiner Erzählung dessen schenkte er natürlich keinen Glauben.

Eine Woche später kam er ohne sieben Italiener wieder, dafür mit seinem Auto, mit dem er fortan das Zufahrtstor blockieren will, bis Bauchi geht. Also packte Bauchi wieder seinen Rucksack, und erntete dafür die heftigste Schelle so weit. Ein „FICK DICH! IMMER DENKST DU NUR AN DICH!" von Steffi mitten ins Gesicht. Das hat sie zwar schnell wieder zurückgenommen, aber ich kann es ihr auch nicht vorwerfen. Ihr ging es auch nicht so besonders gut in der Zeit. Also... blieb ich auch weiterhin. Und ließ mich zwei weitere Male dazu überreden, ein „normales" Gespräch mit Pino zu führen, was sichtlich nicht möglich war, weil es von ihm jeweils gleich Beschuldigungen, Drohungen, Beleidigungen und Hohn hagelte. Dem ich mich einfach wieder wortlos entzog und mich weiter meinem Ding widmete.

Wann immer man mich fragte, was man tun solle, war meine Antwort „Macht was ihr wollt! Achtet darauf keinen Schaden anzurichten, dann stört Euch keiner dabei. Das selbe galt für mich für Pino. Es ist nicht meine Aufgabe ihm zu sagen, was er zu tun oder zu lassen hat. Und auch nicht, die Polizei damit zu beauftragen, das für mich zu tun. Einfach weil es SEINE Aufgabe ist, sich zu überlegen was er für sinnvoll hält. Und ich maße mir einfach nicht mehr an, darüber zu urteilen, was Andere gerade für sinnvoll befinden oder nicht. Wenn er seine Zeit lieber vor dem Tor in der Hitze verbringt und unsere Besucher drangsaliert und nötigt, mehr als nötig zu Fuß zu laufen, vor allem mit Einkäufen oder Sachspenden, als mit seinen Kindern, dann ist das SEINE Entscheidung. Die muss ich nicht verstehen können, die muss ich einfach AKZEPTIEREN können. Und das kann ich inzwischen mit so Einigem mit Leichtigkeit.

Was genau Pino mit der ganzen Aktion eigentlich bezwecken wollte, ist mir bis heute nicht klar. Ich weiß nicht, ob er es überhaupt selbst weiß. Jedenfalls konnte er es in keiner Weise irgendwem so artikulieren, dass wer es verstanden hätte. Wer ihn fragte, was er eigentlich will, bekam zur Antwort: „Frag das den Bauchi". Geld war am Anfang ein Thema, aber auch nur, bis er von fünf Anderen Geld geboten bekommen hatte, von einem sogar die 500 Euro, die ich mir vorher für ihn leihen wollte, aber er wollte sie nicht annehmen, weil er sie von MIR wollte. Ich hatte sie aber nicht. Als er das nicht mehr gegen mich verwenden konnte, war das Thema vom Tisch und er sagte wohl was von wegen: er wolle, dass ich vor die Medien trete und die Wahrheit sage. Was ich nicht verstehen konnte. Die einzige offenstehende Lüge war die, dass der Traktor nicht abgeholt wurde um repariert zu werden, sondern weil Pino ihn verkauft hat. Ohne mir 20% zu geben. Aber ich bescheiße! Mir wurde das alles einfach zu dämlich.

Dennoch zog das Ganze die Energie spürbar immer weiter runter, und als die Medien die miese Stimmung auch noch aufgriffen, war irgendwie aller Zauber des Anfangs verflogen. Und ich fühlte mich immer mehr fehl am Platz. Dennoch blieb ich, akzeptierte die äußeren Umstände und machte jeden Tag das für mich Beste draus.

Und das tat ich dann noch ganze weitere zwei Wochen, in denen am Ende nicht mehr nur noch Pino am Tor (den ich einfach gemieden habe und ihm aus dem Weg gegangen bin) gegen mich hetzte, sondern vor allem Natalja, die zu einem weiteren Besuch gekommen war und überdies noch ihren unheimlich nervigen Sohn und ihren Freund mitbrachte, die sich dann aber alle aufführten, als würden sie selbst da wohnen und als seien wir die Gäste.

Sie hat es geschafft, dem Team endgültig den Spaltkeil ins Genick zu treiben. Zumindest zwischen mich und den Rest des Teams. Das ist keine Schuldzuweisung. Das ist lediglich eine Feststellung. Es war eben einfach so. Auch ihr mache ich keine Vorwürfe. Mir war inzwischen alles egal, ich wollte nur einfach meine Ruhe wiederhaben, die war mir mehr wert alles alles andere um mich herum. Ohne die kann ich nur sehr schwer irgendwas genießen. Also weigerte ich mich stur weiter, mich an irgendwelchem Gegeneinander zu beteiligen. Selbst, als mir das auch noch vorgeworfen wurde: Ich sei nicht konfliktfähig! Ich erwiderte, ich wolle auch nicht konfliktfähig sein, sondern **fried**fertig. Kam nich so ganz durch, daraufhin wurde mir das Essen verweigert. Und das, obwohl ich eh seit fast zwei Wochen so gut wie gar nichts gegessen hatte (mehrfach über Tage gar nichts), sehr wohl aber sämtliche Spenden und alle reinkommenden Gelder in die Gemeinschaftskasse gesteckt.

Und ab dem Zeitpunkt wusste ich, dass ich auf der Finca wirklich nichts mehr zu suchen hatte. Dumm, dass mein Ego immer noch von Steffis Vorwurf getriggert war, egoistisch zu sein, was es in dem Fall nicht gern sein wollte. Aber dann eben einfach irgendwann sein **musste**.

Die High5

Etwa zu Beginn der 5. Woche kam **Dennis** aus Berlin zurück, der den Chris bei seiner letzten Reise gleich hiergelassen hatte. Dennis kenne ich seit 2013, als ich ihm in Berlin ein Tattoo auf den Arm gestochen hatte. Chris war an dem Abend auch dabei.

Also war das „feste Team" beisammen, und Dennis hatte einen tollen Film mitgebracht: READY PLAYER ONE! Da wir alle Zocker sind, und Dennis schon ganz gut seine Kopfkonsole beherrscht, war der Film für uns alle natürlich der **Brüller**! In allen möglichen Szenen fanden wir uns wieder, und so wurden wir als Tribut an diesen Film zu den „High5": Steffi, Björn, Chris, Dennis und Bauchi. Wir wollten ein **Clan** sein! Uns der Quest **gemeinsam** stellen. Uns ebenseitig Rückendeckung geben, wenn nötig, und ansonsten nen Haufen Spaß an der Sache haben. So wie man das in jedem anderen Multiplayer-Spiel auch macht. Die Idee ließ unser aller Augen funkeln, und den Film haben wir in zwei Wochen bestimmt fünf mal zusammen gesehen. Wir konnten nicht genug vom Spielen bekommen.

„Erster am Schlüssel! – Erster am Easteregg!"

Doch dann kam ja alles anders. Und das war eine rein logische Sache. Denn wenn zwar alle zusammen auf dem selben Server hocken, aber nicht alle das selbe Spiel spielen, oder sich an sinnvolle Strategien einfach nicht gehalten wird, dann macht das Spielen schnell keinen Spaß mehr. Dann wird es schnell frustrierend.

Und wenn man dann nicht gehen kann, sich ausklinken, was Anderes machen, dann ist das nicht wirklich gesund. Wird jeder bestätigen können, der auf der Arbeit gemobbt wird oder kontraproduktives Kollegium um sich hat. Da ist man dann einfach nicht gern.

Irgendwie machte es mit diesem Team keinen Spaß mehr zu spielen, auch wenn man mir ständig vorhielt, ich hätte jetzt ein Team! Was die Anderen glaub ich nicht wussten, dass ich bereits Teil einiger anderer Clans bin, in denen das Teamplay wirklich funktioniert. Wo Freunde einander helfen und nicht gegenseitig in den Rücken schießen und dir noch in die Fresse treten, wenn du schon am Boden liegst. Vielleicht bin ich da ja inzwischen etwas verwöhnt, aber... Echt, mit Ersten spiel ich einfach wesentlich lieber.

Sonntagabend der achten Woche lag ich dann mit Magenkrämpfen und nach vier Wochen Dauerbeschuss einfach am Ende meiner Kräfte in meinem Bett. Ich hätte gern etwas Tee gehabt, fühlte mich aber nicht in der Lage, runter zu den anderen zu gehen und mir welchen zu holen. Ich rief und winselte etwa eine halbe Stunde um Hilfe und versuchte dann erfolglos, Steffi über das Handy zu erreichen. Also stand ich doch auf, aber leider waren meine Arme und Beine eingeschlafen, und so knickte ich schon ein bevor ich überhaupt stand, konnte mich nicht auffangen, krachte zuerst mit dem Kopf gegen die Tür und dann auf den Boden. Ich lag dann da mit Magenkrämpfen, einer

Gehirnerschütterung und weiterhin eingeschlafenen Armen und Beinen in der Tür verkeilt und konnte mich überhaupt nicht mehr bewegen. Nach einer weitern halben Stunde Brüllens wurde ich über die Musik draußen hinweg doch noch gehört und bekam Hilfe. Steffi machte mir dankenswerterweise einen Tee und ging dann wieder zu den Anderen, Party machen. Was mir zwar ganz Recht war, mir aber in der Situation irgendwie komisch vorkam. Dafür blieb Dennis eine Stunde bei mir, half mir, mich ein wenig besser zu fühlen und bot mir die Gelegenheit mich bei ihm auszuheulen. Das Verständnis, das er zeigte, baute mich wieder ein wenig auf, mein Magen beruhigte sich, und ich konnte schlafen. Bevor er ging, sagte ich ihm, dass ich den nächsten Tag gern zum Auskurieren nutzen wollte und im Bett bleiben, und fragte, ob zwischendurch vielleicht ab und zu jemand nach mir sehen und mir einen Tee und ein Tütchen vorbeibringen könnte. „Na, dit wird ick wohl hin bekommen, wa?" – „Danke, Bruder! Ich glaub ich kann dann jetzt was schlafen!"

Am nächsten Mittag wurde ich wach und fühlte mich elendig. Mein Bauch war hart wie Stein und mein Schädel brummte und schmerzte bei jeder Berührung oder Bewegung. Und mir war zum Kotzen schlecht. Wieder musste ich erst eine halbe Stunde um Hilfe rufen. Dann bin ich aufgestanden und ohne eingeschlafene Arme und Beine bis nach vorn zum Fenster gekommen, wo die Anderen mich dann endlich wahrgenommen haben. Steffi brachte mir eine Tasse Tee, aber keinen Joint. Und wirkte wieder irgendwie abweisend, unnahbar. Ich fragte sie, warum sie sich jetzt auch gegen mich dreht und von mir entfernt, und was los sei und so, bloß um zu erfahren, dass alles in Ordnung sei. Aha. Alles. Bis auf die Körpersprache und dass sie mit deinen Worten nicht harmoniert. Ob ich ein Tütchen bekommen kann, fragte ich sie. „Mal gucken, die Anderen sagen, sie haben nichts, aber ich geh nochmal fragen!" Sie verschwindet wieder, und in mir bricht ein Sturm los. Ich weiß, dass am Vorabend mehr als ausreichend Gras besorgt wurde, um nicht zu sagen massenweise. Zu behaupten sie hätten nichts, war eine glatte Lüge mitten in mein Gesicht. Und da war dann bei mir der Punkt erreicht, an dem mich mein System nach meiner Selbstliebe und –Respekt fragte. Und wie lange ich das noch mit mir machen zu lassen gedenke.

Was ich in dem Moment am allerwenigsten erleben wollte, dass Steffi mir jetzt auch noch ins Gesicht spuckt. Förmlich natürlich. Nachdem sie dann auch eine halbe Stunde später nicht zurück und klar war, dass ich kein Tütchen rauchen können würde, lag mein nächster Schritt alternativlos und leuchtend klar vor mir: Ich würde **endlich** gehen! Aber diesmal mit Nachdruck. Unaufhaltsam. DEUTLICH. Und so sammelte ich alle meine verbliebenen Kräfte und hab erstmal den ganzen Frust in dem Zimmer von mir gegeben, der sich über vier Wochen in mir aufgestaut hat. Den wollte ich nirgendwo anders mit hinnehmen.

Also tat ich was, was ich schon seit Jahren trainiere wo ich kann: im Notfall **kontrolliert** ausrasten! In der Umsetzung sah das so aus, dass ich alles kaputtgeschlagen habe, was mir in die Quere kam, allerdings nicht auch nur EIN Ding, von dem ich wusste, dass ich das später bereuen würde. Ich habe auch trotz wirklich großem Reiz davon absehen können, Fenster und Türblätter aus ihren Rahmen zu treten, obwohl ich das Bild echt gern gesehen hätte. Das Haus selbst konnte nichts für all das. Mein wildes Geschrei und ausgiebiges FUCK YOU galt sich selbst. Es war gegen niemanden gerichtet, aber es wollte sowas von RAUS aus mir! Ich hätte nichts davon gehabt, jemandem weh zu tun oder etwas unwiederbringlich kaputt zu machen, was später noch gebraucht würde. Aber ich habe meinen Stock an der Wand zerschlagen (die dadurch nur ein paar mehr Katsche hatte als vorher), ein gläsernes Windlicht in die eine Ecke geworfen, ein anderes in die gegenüberliegende, so dass die Scherben schön gleichmäßig verteilt im Zimmer lagen. Und dann sah ich meine Gitarre, die eh schon ein wenig eingerissen war, und musste grinsen. Ich war doch jetzt ein Rockstar, dessen Visage in über 150 Ländern der Welt in der Zeitung abgedruckt und von Amerika bis Russland über den Fernseher geflimmert war. Zeit, sich ein wenig wie einer zu benehmen. Und hab was getan was ich immer schon machen wollte: die Katarre auf der Bühne getötet! Und dann habe ich erstmal in Ruhe weiter fluchend und wütend, aber völlig klar in der Birne, meinen Rucksack gepackt. Und nix vergessen.

Auf dem Weg nach unten in meine Serenity, unserem Haupt-Stromkraftwerk, wo mein Handy lag, brüllte ich den anderen noch zu, ob sich gerade vielleicht jemand normal mit mir unterhalten will. Schien nich so, war mir auch egal. Innerlich war ich schon gar nicht mehr da, hatte bereits meine Freunde angeschrieben, dass die Zeit gekommen sei, auf ihr Angebot zurück zu kommen. Es dauerte keine zehn Minuten, da war man schon unterwegs um mich zu holen. Ich verließ die Finca mit dem was ich tragen konnte, und war dankbar für die Hilfe, die ich bekam, den Tito noch mitzubekommen, ohne selbst nochmal zu den Anderen zu müssen.

Mit jedem Meter, den wir uns von der Finca entfernten, löste sich ein Druck von mir und ich musste mehrfach aufatmend vernehmlich stöhnen. Ich fühlte mich wie durch die Mangel gedreht. Und so DANKBAR, als wir endlich an einen Ort kamen, den ich schon seit Jahren eins meiner „Zuhauses" nenne. Wo ich SAVE bin und in Ruhe mit anderen unsere Zeit genießen kann.
Hier hatte ich auf die Stunde genau acht Wochen vorher mein Leben unterbrochen, und genau hier ab ich es in der Minute, in der ich wieder hier war, wiederaufgenommen. Ich hatte fast vergessen, was für Möglichkeiten ich noch so habe, außer der, auf der Becker-Finca mein Bestes zu tun, mich in kein Gegeneinander verstricken zu lassen. Meine Fresse, war das eine langweilige Scheiße! Und dennoch...

Resumé

Ich bereue nichts. Kein Stück, keine Sekunde dieser acht Wochen. Ich habe jeden Moment davon intensiv erlebt, manchmal intensiver als es mir lieb war. Aber ich bereue auch nicht, gegangen zu sein. Alles davon war genau so wie es sein sollte. Wir sind Pioniere. Unsere Aufgabe besteht nicht darin, möglichst genaue Vorhersagen zu treffen über das, was passiert, wenn wir was machen. Sondern darin es tun tun, und **herauszufinden**, was dann passiert. Und das dann nach Möglichkeit auch wieder **nutzen**.

Ich habe wahnsinnig viel gelernt und gewonnen in diesem Spiel. Zu verlieren habe ich schon lange nichts mehr, also ist das auch kaum verwunderlich. Vor allem aber habe ich wieder Erfahrungen, von denen Andere nicht mal träumen können. Und ob man es glauben mag oder nicht, aber auf DIE bin ich aus! Die interessieren mich, und die sind mit keinem Geld der Welt zu bezahlen. Sowas kann man nicht irgendwo kaufen.

Auch wenn nach meinem Abgang auf der Finca behauptet wurde, man habe mich rausgeschmissen (und noch so einiger anderer Mummpitz), und das Team der High4 es für nötig und sinnvoll erachtete, mich und das alles in den Dreck zu ziehen, und Dinge über mich zu behaupten, die einfach erlogen sind, und es in den Medien hieß, es habe Streit gegeben, kann ich für MICH sagen: Aber nicht mit mir! Um mich vielleicht, aber da konnte ich nich viel gegen machen außer gehen. Was das angeht, bin ich MEINEN Spielregeln treu geblieben, und das ist für mich nicht unbedingt einfach geblieben. Aber ich habe es geschafft, und zwar bis zum Ende, bis JETZT, gegen keinen der anderen Beteiligten Groll entstehen zu lassen. Oder sonstige negative Gefühle. Ich sehe immer noch die Geschwister in ihnen, und auch wenn ich gerade keine große Lust hab, in näherer Zukunft erneut Zeit mit ihnen zu verbringen, wünsche ich ihnen allen nur das Beste. Weil das meinem Naturell entspricht. Das wollte ich immer schon, was dann oft dazu führte, dass man mir mit mitleidigem Blick versicherte, ich sei zu gut für diese Welt. Mag sein, aber ich bin nie zu gut für MICH. Und da ich wie eingangs erwähnt wie alle anderen auch eben nun mal nur in MEINER Welt lebe, ist das auch die einzige für mich wirklich Relevante. Von den Anderen weiß ich eben so gut wie nichts. Das hatte Sokrates auch schon begripst.

Ich wünsche Pino, dass er glücklich wird, ohne den Grund für sein vermeintliches Unglück anderen in die Schuhe zu schieben,

Otto und Anton, dass sie ihren Frieden finden,

Elisaweta, dass sie ihr Gehör wiederfindet und einen Frieden, den sie keinem aufdrücken braucht,

den High4, dass sie auf der Finca lange und glücklich leben können (ich sagte bereits zu Anfang der Aktion, dass ich das nicht für MICH mache),

Und allen anderen, was EUCH glücklich macht.

Fazit

Nach acht Wochen Schlafstörungen, insgesamt 16 Kilo weniger an Körpergewicht, inzwischen kurzfristig ohne eigenes Zuhause (was ich wie gesagt auch nicht immer brauche), in der Hoffnung, den Rest meiner Habe bald auch wieder bei mir zu haben, immer noch nicht wieder komplett genesen und einem gegenwärtigen Ruf als fauler Schmarotzer-Guru würde ich das Ganze jederzeit wieder tun. Ich weiß, dass ich mir um nichts weiter Sorgen machen brauche. Im Ganzen hat mir diese Aktion unheimlich viel Unbezahlbares beschert. Dinge, die materiell nicht wirklich zu beschreiben sind, und wahrscheinlich Dinge, die ich erst ein wenig später entdecke und anzuwenden weiß. Ich bin allen extrem dankbar, die beteiligt waren oder es noch sind. Ich bin überhaupt sehr dankbar.

Ich bin da hin gegangen um zu zeigen, was passiert, wenn man einfach mal MACHT. Habe ich gemacht.
Ich bin geblieben um 2020 zu spielen. Hat nicht mit allen so richtig gut geklappt, aber ich für mich hatte meine begeisterten Momente. Und spiele das seitdem auch außerhalb von Son Coll easy weiter.
Ich bin gegangen, weil ich nicht weiter stören wollte, und auch um selbst meine Ruhe wieder zu haben.

Klingt für mich nach einer runden Sache.

Und was kommt jetzt?

Nun, ich bin kein Hellseher, und nur Jesus Bruder, nicht Jesus. Ich maße mir nicht an, die Zukunft zu kennen. Aber ich weiß, dass die Zukunft das wird, was wir alle aus unserem Heute machen. Die Entscheidungen, die wir heute treffen, das, was unsere Hände heute TUN, gibt vor, in welche Richtung wir uns bewegen. Wo wir also morgen stehen. Und egal wie unbeliebt diese Sichtweise auch ist, das passiert völlig unabhängig von den Handlungen und Sichtweisen Anderer. Die ANDEREN sind in unserer Wahrnehmung leider nun mal auch immer nur das, was wir SELBST aus Ihnen machen. Nicht wer sie sind, ist ausschlaggebend dafür, wie wir auf sie reagieren, sondern was wir in ihnen sehen. DAS sehen wir. Und nichts Anderes können wir sehen. Je mehr wir Andere verurteilen, desto weniger sind wir bei uns selbst. Geben wir anderen die Schuld an irgendwelchen Dingen, dann nur, weil wir nicht selbst den schwarzen Peter mit uns herumtragen wollen. Wer will das das schon. Niemand! Warum spielen dann alle dieses Schuldspiel mit? Weil es alle tun! Aber ist das ein Grund, es weiter mitzuspielen? Kann es wirklich so unumsetzbar schwer sein, aufzuhören, einander mit Schuldzuweisungen und Vorwürfen zu beschmeißen? Ich kann es mir nicht vorstellen, weil ich damit schon vor Jahren aufgehört habe und das nicht nur überhaupt nicht schwer fand, sondern in der Tat sehr erleichternd. Was genau genommen nicht wirklich verwunderlich ist. Und es ist wirklich nicht schwer: Keine Schuld mehr anerkennen und sie keinem aufdrücken. Einfach drauf achten, wann man so etwas macht, und dann so wie es geht einfach alles davon Stück für Stück sein lassen.

Auch muss man nicht unbedingt in jedes Gegeneinander mit einsteigen, auch wenn das auch alle machen. Es ist befreiend, immer besser darin zu werden, keine Feinde mehr anzuerkennen. Stattdessen wieder die Schwester oder den Bruder im Gegenüber zu sehen. Wir MÜSSEN uns nicht gegeneinander aufhetzen lassen, und erst recht nicht mithetzen. Das ist nicht gesund. Für keinen von uns. Wie schwer kann es sein, einfach mal den MENSCHEN in einem Anderen zu sehen, und nicht all die Prädikate, die wir anderen aufdrücken - unsere Vorurteile und abgekupferten Meinungen, durch eben WELCHE wir einander jeweils zu dem machen, was wir im Anderen sehen? Das ist IMMER einschränkend, und gewissenmaßen dumm. Weil man sich dabei einfach nur selbst im Weg steht.

Unser Konsumverhalten ist auch etwas, das nicht irgend jemand außer uns selbst bestimmt. Mit Gehorsam verhält es sich genau so. So lange wir einfach machen was alle machen, sind wir MACHTLOS. Weil man ja echt gar nix mehr darf. Und vor allem OHNMÄCHTIG, weil wir gewohnt sind, die Macht über uns abzugeben wo es nur geht. Und uns dann wundern, warum das so ist. Nun, es IST einfach so. Genau genommen, weil es niemand wirklich hinterfragt. Die,

die es tun, verstehen schnell gewisse Mechanismen, denen sie dann aus dem Weg gehen können. Alle Machtspielchen funktionieren nur bei denen, die sie mitspielen. So wie alle Spiele nur funktionieren, wenn man sie spielt. Spielt man was Anderes, spielt man das Eine nicht mehr. Da können Spiele noch so kompatibel und gleichzeitig spielbar sein: Ist man sich nicht klar, welches Spiel man spielt, stellt sich große Verwirrung ein. Und deswegen gibt es niemanden, der sich seiner Verantwortung, *sein eigenes Leben zu leben* wirklich entziehen kann. Auch Du nicht. Und das ist gut so. Denn es kann auch Dir kaum schaden, darüber nachzudenken, wie Du die Macht über Dich Selbst wiedererlangen kannst, oder? Da gibt's nicht viel zu verlieren.

Verlieren kann man überhaupt nur dann, wenn man den Eindruck hat, man könne etwas verlieren. Was aber, wenn Verlieren gar keine Option ist? Bist Du Dir bewusst, dass du in einen Kampf verstrickt sein musst, um überhaupt verlieren zu können? Da kannst Du zwar auch gewinnen, jedoch nur auf Kosten eines Anderen. Ist dir mal aufgefallen, dass da, wo Menschen gerade nicht in irgendwelche wie auch immer gearteten Fights des Alltags verstrickt sind, alle lachen und sich dabei helfen, Gründe dazu zu haben? Weil es einfach schöner ist! Da, wo man Hand in Hand lebt statt Faust auf Auge, gibt es NUR Gewinner. Ohne einen einzigen Verlierer. Warum leben wir nicht so? Wirklich, weil wir so manipuliert sind, oder vielleicht doch auch ein wenig aus Bequemlichkeit? Oder auch, weil wir bisher nicht wirklich an jeder Ecke Zugang zu den nötigen Denkanstößen finden? Oder eben, weil es sonst auch keiner macht? Und ich mein jetzt nicht irgendwen, sondern explizit Dich und mich, denn all die anderen interessieren mich nicht mehr. Es geht um jeden Einzelnen von uns, der gerade täglich neu vor einer WAHL steht: fremdbestimmtes oder selbstbestimmtes Leben zu leben, Dinge zu tun die man tun MUSS, oder Dinge zu tun die man tun WILL. Und mit denen man sich auch WOHLFÜHLEN kann. Tor Eins oder oder Zwei, jeden Morgen aufs Neue!

Für all das gibt es kein Geheimrezept, das bei ALLEN wirkt. Der Weg aus der Fremdbestimmung in die Eigenständigkeit sieht für jeden anders aus. Milliarden mitunter sehr unterschiedliche Geschichten. Doch eines hilft JEDEM: Sich für diese Dinge zu interessieren. Sich Wegen zu öffnen, auf denen es andere schaffen, eine Weile zuschauen, Fragen stellen, die dem Verständnis dienen, nichts verurteilen, offenbleiben. Es ist UNMÖGLICH dass jemand überhaupt GAR NICHTS findet, mit dem er beginnen kann (und das ist immer der erste Schritt, der die meiste Überwindung kostet), der es wirklich umsetzen WILL. Die Welt ist VOLL von Inspirationen, und jeden Tag kommen neue dazu. Dabei sollte man von seinem Recht Gebrauch machen, sich von allem DAS mitzunehmen, das man für sich nutzen kann, und alles Andere einfach den Anderen liegen zu lassen. Wie gesagt, jeder braucht etwas Anderes. Es bringt rein gar nichts mehr, sich über irgend etwas aufzuregen, das man nicht verstehen kann oder will. Das ist nicht nur reine Zeitverschwendung, sondern zeigt auch nichts weiter als den eigenen geistigen Horizont, sowie den Unwillen, ihn zu übersteigen und sein Bewusstsein zu erweitern. Denn das ist, was passiert, wenn man ALLEM was man hört erstmal einfach gleiches Gewicht gibt. ALLES davon hat für irgendwen einen großen Wert. Legt man den eigenen Fokus auf das, was NÜTZLICH ist, ist die logische Folge, dass man viel davon um sich herum wahrnehmen wird. Nutzt man es dann auch noch, entstehen in der Folge unweigerlich neue Möglichkeiten. Jetzt sag mir, dass DAZU bitte IRGENDWER zu blöd sein soll.

Die Menschen tun immer so als sei alles so wahnsinnig schwer, und sehen nicht, wie klein und unmotiviert sie sich selbst damit machen. Und wie wenig dienlich ihnen das ist. Ebenso, wie sich dann auch noch zu beschweren und seinen Frust auf andere projizieren. Hält das denn heute echt noch jemand für zeitgemäß? Sollten wir nicht langsam mal ein wenig anfangen, an uns SELBST zu glauben? Das ist eine TÄTIGKEIT, etwas was man TUN und trainieren kann. Und mit der Zeit immer besser darin werden. Wie bei allem anderen, was man macht. Wer hat dir gesagt, du seist unzureichend? Wahrscheinlich hast Du das auf die ein oder andere Weise schon Hunderte Male gehört. Aber es ist DENNOCH eine Lüge. Du bist nicht was du glaubst zu sein, aber was du von dir zu sein glaubst, hat reale Auswirkungen auf Dein Leben. Du solltest also genau unter die Lupe nehmen, was Du so alles von Dir glaubst. Alles was Du über dich glaubst, macht dich in der Wirkung zu etwas. Immer wieder neu. Kommst Du klar mit dir oder nicht? Bist du ein Loser oder ein Winner, Opfer äußerer Umstände, oder ein KönICH? Bist du glücklich oder unglücklich, zufrieden oder undankbar, egal was, du BIST das in diesem Moment nur scheinbar, weil DU Dich so wahrnimmst. Andere werden danebenstehen und Dich komisch angucken und etwas völlig Anderes in dir sehen. Und das passiert nicht nur häufig, sondern JEDES MAL. Niemals wird dich JEDER auf der Welt GLEICH wahrnehmen.

Die Entscheidung, **was** Du in Dir siehst, kann man zwar heimtückisch oder liebevoll beeinflussen, doch man kann sie Dir niemals NEHMEN. Also erinnere Dich, dass Du SELBST entscheidest, wie DU Dich wahrnimmst. DU. Niemand anderes. Niemals. Warum also, so ganz unter uns, sollte es Dir GEFALLEN, Dich als in irgendeiner Form minderwertig wahrzunehmen? Als Sünder, Schuldige, Böse, Unfähigen, Hure, Betrüger, Arschloch. Einfach weil du BIST wie du BIST. Wie bitte will man sich mit so etwas wohlfühlen? Und wenn es Dir nicht gefällt und Du Dich unwohl mit Deiner Selbstwahrnehmung fühlst, warum solltest Du diesem Selbstbild weiter Glauben schenken? Wenn Du doch erwiesenermaßen von Dir glauben kannst was Du willst! Wie jeder andere das ganz unbewusst auch tut. Wenn man das also bewusst ändern kann, indem man es einfach bewusst ändert, wäre es demnach nicht an der Zeit, dich damit zu beschäftigen, wie genau du das bewusst ändern kannst?

Sich für etwas zu interessieren ist schon eine Tat. Und niemals eine zufällige. Alles ist miteinander Verbunden, und da kommen wir bei aller Klopperei nicht drum herum. Wir sind alle Teil von etwas Größerem, es ist nur nicht sehr in Mode, das auch so wahrzunehmen. Was, wie wir schon feststellten, kein Grund ist, es deswegen weiter mitzumachen. Erlaube Dir, Dich als Teil von etwas Größerem zu sehen, und dann bestimmst Du durch das was Du MACHST weiterhin ganz automatisch, aber ab jetzt eben immer bewusster, die Zukunft mit. Durch Deine Handlungen in der Gegenwart, dem Hier und Jetzt, DIESEM MOMENT.

Um diesen jeweiligen Moment dreht sich Dein ganzes Leben. Denn zu keiner anderen Zeit kannst Du je irgendetwas TUN. Immer nur JETZT. Es gibt keine Andere Zeit. Die Vergangenheit setzt sich in unseren Köpfen aus unseren Erinnerungen zusammen, aus denen heraus wir uns dann auch unsere Zukunft vorstellen, weil wir uns nichts Anderes vorstellen können als das, was wir KENNEN. Versuch mal, Dir etwas vorzustellen, das Du nicht kennst. Klingelt's?

Worauf diese ganzen Gedanken abzielen, ist die Tatsache, dass wir WEIT MEHR zu **TUN** in der Lage sind, als wir uns tu tun getrauen. Weil das Meiste davon moralisch, gesetzlich oder sonstwie verboten, verpönt oder sonstwie negativ behaftet ist. Obwohl man die meisten dieser Dinge tun könnte, ohne dass irgendwer darunter zu leiden hätte. Wann trauen wir uns also wieder, FREI das zu tun, was wir LIEBEN? Dem wir uns mit BEGEISTERUNG widmen und es genießen können, und DAMIT unseren Unterhalt behaupten können. Unseren Talenten folgend, nicht irgendwelchen bescheuerten, völlig überholten und ausbremsenden Vorgaben von „oben". Wann tust DU es?

In meinen Büchern sammle ich seit Jahren Inspirationen, die mit dem MACHEN zu tun haben. Natürlich auch mit vielen anderen Dingen, die aber einfach irgendwelche Dinge bleiben, BIS man sie eben MACHT. Der entscheidende Punkt bei einem Spiel ist eben, es zu SPIELEN. Beim Leben geht es darum, es zu leben. Nicht, sich durchzuquälen, sondern das BESTE daraus zu machen. Nicht weil irgendwer einem das gesagt hat, sondern weil das einfach das BESTE ist, was Du aus Deinem Leben machen kannst. Sonst kannst Dir auch einfach nen Strick nehmen und Dich da erschießen, wo das Wasser am tiefsten ist.

Und so geht es demnach bei mir weiter: Ich spiele weiter mein Leben. Hab eine Quest am laufen, an deren Ende ich mit einem Boot um die Welt segeln und zeigen darf, wie schön sie ist. Eine Andere ist, bis Ende des Sommers einen verdammten 50 Meter hohen Burning Man in der Bucht von Palma als ein Zeichen des

Friedens in die Welt zu sehen (und es macht mir überhaupt nichts aus, wenn es erst nächstes Jahr dazu kommt, ich gebe einfach mein Bestes, weil ich SPASS daran habe) und das Friedensfestival auf Mallorca zu erleben.

Ob ich weitere IHR-Aktionen mache, weiß ich noch nicht. Im Grunde genommen brauche ich gerade kein Haus, wäre auf der anderen Seite mit den richtigen Leuten auch nicht abgeneigt. Aber ich denke, da sind jetzt eher die gefragt, die auch wirklich etwas davon haben. Auf Son Coll haben wir gezeigt, wie es geht. So schwer war das nun wirklich nicht.

Für mich rundet sich dieses Pamphlet langsam ab, ich merke, dass ich zum Ende komme und heute viel sortieren konnte (ja, ich habe das alles an einem Tag geschrieben!). Ich habe mein Bestes getan, mich nicht in unnützem Detail zu verstricken und mich an das für mich Wesentliche zu halten.

Im Rahmen dessen nutze ich hier meine selbstgegebene Möglichkeit, dieses Büchlein mit einem anregenden Blogartikel zum Thema von der www.lest2020.de abzuschließen. Ich hoffe, Du konntest der Lektüre etwas entnehmen und ab hier nutzen. Ich wünsche uns allen von Herzen ein wenig mehr Herz für ALLE. DAS dürfte uns allen gefallen. All denen, die fest an eine bessere, eine SAUBERE Welt GLAUBEN! MACHEN wir sie SAUBER!

Grüße, Bauchi

Grünes Mallorca

Dass Mallorca ein ganz besonderer Flecken Erde ist, dürfte jeder mitbekommen haben, der die Insel schon einmal live erlebt hat. Eine ganz besondere Energie beseelt diese Insel, die schon Größen wie Picasso, Miro, Dali oder Chopin beeindruckt und beeinflusst hat. Ein unüberhörbarer Unterton von „Tranquilo" steht hier in der Luft, Entspannung und Entschleunigung gehören hier zum Lifestyle. Beschleunigung findet sich eigentlich nur im Arbeits-Alltag, aber selbst der nimmt sich hier sehr viel anders aus als anderorts.

Die Uhren ticken auf Mallorca spürbar anders, und auch der Geist der Insel ist einfach Anders. Ein rebellisches Völkchen, das sich jedes Jahr einer größeren Menge an Touristen stellt, weigert sich, sich dem System anzupassen. RUHE ist hier ein Maß der Dinge. Und auch wenn es mitunter heiß hergeht, ist Mallorca ein sehr friedlicher Ort. Es wird viel gelacht, geherzt, getrunken, geredet, gefeiert, immer möglichst wenig gearbeitet, und wer eine Gelegenheit findet, dem spanischen Staat ein Schnäppchen zu schlagen, tut es.

So wundert es nicht, dass die Mallorquinische Regierung das Ziel definiert hat, Mallorca zur grünsten Insel der Welt zu machen. Als Vorzeige-Objekt für Alternative Energien zunächst, doch die Sache hat weitaus mehr Potential. Denn Mallorca könnte tatsächlich innerhalb kürzester Zeit Grün werden, vor allem im Sommer, denn

es gibt auch alternative Bauweisen, Anbaumög-
lichkeiten für Obst und Gemüse aller Art,
Wasseraufbereitung, und vor allem Formen
Gesellschaftlichen Zusammenlebens.

Tatsächlich bietet Mallorca inmitten eines durch die
Mainstream-Meiden und ihre Geldgeber in die Wege
geleiteten, um uns herum entbrennenden Krieges einen
Gegenpol. Hier will definitiv niemand Krieg. Hier wollen
alle explizit LEBEN. Weil diese Insel LEBT. Das ist der
Grund, warum sie so viele Liebhaber hat. Leben und
leben lassen, und vor allem in Ruhe gelassen werden.
Sonst kann man sie ja nicht genießen.

Um zu verdeutlichen, worum es hier geht, ist eine kleine
Zeitreise möglich, auf die der geneigte Leser mir folgen
darf:

Es ist Ende Sommer 2018, und wir starren gebannt von
allen Seiten auf ein riesenhaftes Feuer in der Bucht von
Palma. Genau da, wo 2014 das größte Kriegsschiff der
Amerikanischen Flotte vor Anker lag, brennt auf einem
großen Floß ein 50 Meter hoher Holzmann. Die
Menschen jubeln aus allen Ecken der Bucht, Hunderte,
wenn nicht Tausende Boote liegen um einen
abgesteckten Sicherheitsradius, bunt leuchtend und
voller feiernder Menschen. Mallorcas eigener Burning
Man!
Wir bestaunen das Highlight des Friedensfestivals, das
dieses Jahr Millionen von Menschen auf die Insel

gezogen hat. Ein Festival, das das Gesicht der Insel maßgeblich verändert hat. Mallorca ist ein Vorzeige-Ort für die ganze Welt geworden, und die Augen der ganzen Welt sind auf uns gerichtet. Der brennende Mann, und das Feuerwerk, das in seinem Kopf explodiert, wird über tausende Handy-Kameras auf allen möglichen Plattformen live in die Welt gestreamt. So wird die Welt eins. Indem wir zeigen, was wir machen. Und wir haben viel gezeigt dieses Jahr. An niemandem ist vorbei gegangen, was wir in den letzten Monaten „einfach mal gemacht" haben, ursprünglich nur, um heraus zu finden, was passiert, wenn man es einfach mal macht.

Zu Beginn des Jahres biss sich eine Schlange auf dieser Insel selbst in den Schwanz, und die Kluft zwischen arm und reich schloss sich für kurze Zeit. Das war, als arme Menschen in die Häuser reicher Menschen eindrangen und diese besetzten. Den Reichen wurde klar, dass sie ab hier nicht mehr einfach ignorieren konnten, dass Reichtum nur aufgrund von Armut funktioniert, und die Armen offensichtlich nicht mehr bereit waren, die (nicht monetären) Kosten des Reichtums der Reichen zu tragen. Es musste also etwas passieren. Und das tat es. Nachdem das Friedensfestival und die Idee dahinter ein wenig bekannter wurden, und erste Vorträge, Seminare und Workshops begannen, kamen immer mehr Menschen auf der Insel zusammen, um sich kennen zu lernen, auszutauschen, ebenseitig zu inspirieren, zu feiern, das Leben zu genießen und vor allem: Anzufangen, seit Jahren und Jahrzehnten entwickelte und erprobte Alternativmodelle vorzustellen.

Schnell wurde das ganze zu einer Art freier Messe, quer über die ganze Insel, und das ganze Jahr über. An immer mehr Orten fanden Events statt, an denen man teilnehmen konnte,

Plötzlich war alles Interessiert, was Rang und Namen hatte. Nach den ersten Berichten der Mallorca Zeitung zum Thema war das Interesse der breiten Öffentlichkeit geweckt. In der Luft lag ein Hauch von Veränderung. Von Hoffnung, und von ungeahnten Möglichkeiten. Und auch von Abenteuer.

Hunderte Künstler hinterließen ihre Spuren auf der Insel, auf der man plötzlich an jeder Ecke eine neue in Staunen versetzende Installation bewundern konnte. Auf den Stränden sammelten sich die Menschen, Bühnen wundern aufgebaut, auf denen Bands frei spielen konnten. Speakers Corner entstanden, und man sah Menschen überall miteinander sprechen. Und Kuscheln. Und lachen und tanzen und lieben und tausend andere schöne Dinge tun.

Und dabei ganz nebenbei ein Paradies erschaffen. Überall gibt es heute Fincas, auf denen mit viel Freude und Begeisterung NEUES gemacht wird: Wir haben alternative Energien, Permakultur, Ecohouses, Terra Preta, den "Urzeitcode", und vieles mehr. Vor allem haben wir aber endlich UNS!

Wir wurden BUNT! Es ist, als sei hier das ganze Jahr Karneval, alle laufen herum wie sie gerade wollen. Wie man das auf einem Festival eben macht. 49 Jahre nach Woodstock endlich etwas wie Woodstock, nur noch viel *größer. Und als solches Kostenlos. Und alles explizit FRIEDLICH.*

Viele kamen ein paar Tage oder Wochen, um einfach dabei gewesen zu sein. Doch viele sind bis heute noch hier. Weil sie einen neuen Weg gefunden haben. Einen Weg des Miteinanders. Einen Weg, auf dem es keine Gegner oder Feinde gibt, sondern nur Freunde und Geschwister. Einen Weg, den zu gehen so viel leichter und lebenswerter ist, als der, den wir zu gehen gewohnt sind. Einen Weg, der Lösungsbasiert ist. Einen Weg, den jeder in seinem eigenen Tempo gehen kann. Einen Weg, der auf Begeisterung beruht, weil ihn zu gehen bedeutet, sein EIGENES Ding zu machen, und zwar so, wie man SELBST das für richtig hält.

Über ein paar Monate konnten wir eine Wirkliche Alternative dazu schaffen, uns von Regierungen in Kriege treiben zu lassen. Zu viele Opfer kostet dieser Wahnsinn jeden Tag, von jedem der ihn mitmacht. Wir konnten zeigen, wie unnötig das alles ist, und was man hervorbringen kann, wenn man einfach mal ein wenig Hand in Hand arbeitet statt sich gegenseitig auf die Nase zu hauen.

Und jetzt brennt der Mann in der Bucht von Palma als ein Zeichen des Friedens auf der Erde. Liebesgrüße von Mallorca in die ganze Welt. Heute sind wir ALLE EINS! Und WEIGERN uns, irgendwen noch als Feind oder Gegner zu sehen. Wir sitzen hier alle in einem Boot. ZUSAMMEN halten wir es im Lot! Und NUR so!

Genau genommen ist das keine wirkliche Zeitreise gewesen. Es war eine Reise in die Realität, in der diese Dinge bis gegen Ende des Sommers passieren. Ob diese Realität die ist, die wir erleben, liegt ausschließlich an UNS. WIR, die wir hier gerade auf der Insel sind, aus unseren unterschiedlichsten Gründen, aber ALLE, weil wir ins Paradies wollten (oder die Ehre hatten, hier hinein geboren zu werden), haben die Gelegenheit, es zu MACHEN. An UNS und niemand anderem wird liegen, WAS wir hier dieses Jahr erleben.

Wer dabei sein möchte, kann gleich einsteigen. Begonnen hat es bereits. Weitere Info unter: www.theworldbecomes.one

Weitere Inspirationen von mir findest Du auf meiner Webseite **www.lest2020.de**.

Dort findest Du auch Links zu meinen Bildern, meiner Musik, meinem Youtube-Konto und Facebook-Profil sowie anderer Kontaktmöglichkeiten. Ich freue mich immer über Feedback und Anregungen, vor allem in Live-Gesprächen. Vielleicht treffen wir uns auch mal in einem Livestream. Wenn Dir hilft, was Du von mir findest, fühl Dich frei, es nach Belieben weiter zu geben.

... lass Dir Deinen Tag nicht vermiesen...

TSCHÜSS MIT F!